KB043287

그리움 흔들리는 날

이선주 지음

그리움 흔들리는 날

1판 1쇄 : 인쇄 2022년 06월 20일
1판 1쇄 : 발행 2022년 06월 25일

지은이 : 이선주
펴낸이 : 서동영
펴낸곳 : 서영출판사

출판등록 : 2010년 11월 26일 제 (25100-2010-000011호)
주소 : 서울특별시 마포구 월드컵로 31길 62
전화 : 02-338-0117 팩스 : 02-338-7160
이메일 : sdy5608@hanmail.net

디자인 : 이원경

ⓒ2022 이선주 seo young printed in seoul korea
ISBN 979-11-92055-16-9 03810

그리움
흔들리는 날

이선주 지음

2022·서영

이선주 시인의 디카시집 출간을 축하하며

이선주 시인은 산세가 아버지의 엄격함과 어머니의 인자함을 두루 갖췄다는 해남 두륜산 자락 북일면에서 태어났다. 철저한 유교 집안에서 6남매 중 막내딸로 태어난 그녀는 오빠 언니들의 사랑을 듬뿍 받고 자랐다. 그녀는 국민학교 3학년 때 웅변을 시작하였고, 5학년부터는 학교 방송 아나운서로 활동했다.

할머니의 영향을 받아서인지 유년 시절부터 유난히 꽃을 좋아하여, 친구들과 시골 야산으로 꽃구경을 많이 다녔다. 시골 중학교를 거쳐 광주에 올라와 고등학교에 진학했지만, 고향집에 들를 때마다 뒷동산으로 달려가 꽃 속에 푹 파묻혀 지내곤 했다. 꽃을 한아름 꺾어와 큰 항아리에 꽂아 놓는 습관을 지금까지도 이어오고 있을 정도로 꽃에 대한 사랑이 남다르다. 꽃에 대한 애착 덕분에 산책과 명상을 즐기며 살아가는 삶, 시를 쓰며 살아가는 삶이 몸에 배어들었다.

1981년 광주여상고를 졸업한 뒤, IBK기업은행에 입행한 이후에도 만학도의 꿈을 버리지 않았다. 한국방송통신대학교를 거쳐 조선대학교 세무회계학 석사 과정을 이수했다.

은행 내에서 핵심 관리자로 선발되어, 헬싱키 알토 대학교 MBA를 2006년 5월에 수료한 뒤, 전남대학교 경영학 박사 과정을 수료했으며, 이어 서강대학교 디지털 리더 과정 수료, IBK Pre-CEO 과정 수료 등 은행에서 주는 혜택과 기회를 디딤돌 삼아, 2011년 호남 지역 최초 여성 지점장으로 발탁되었다.

이후 10여 년간 5개 지점의 지점장으로서 탁월한 리더십과 마케팅 실력으로 전국 1위라는 우수한 성과를 거두기도 했다. 뿐만 아니라 각종 포상과 우수 점포로 선정되는 등 명예로운 열매를 얻었다. 또한 주택 청약 저축 등 서민들의 '내 집 마련 운동'에 기여한 공로로 국토해양부 장관상을 받았으며, 2020년 제18회 금융인 문화제 시 부문에서 수상을 하기도 했다.

IBK기업은행의 지점장 역할을 잘 수행하기 위해 중소기업의 애로사항을 적극적으로 들으려고 했다. 중소기업에 대한 금융 지원을 통해 중소기업 성장을 위한 동맥 역할을 성실히 수행했다. 중소기업과 근로자들을 지원하여 중소기업 발전에 일조했다.

그 외에도, 한국생산성본부 최고 지도자 수료, 무등일보 CEO 북클럽 1기 수료, 전남대학교 필리안 과정 수료, 광주매일신문 아카데미 수료 등으로 꾸준히 자기 계발을 했다. 한때 '광주매일신문'에 재테크에 관한 칼럼을 기고했으며,

남부대학교에서 3년간 강의하기도 했다.

문학과의 인연으로는 2009년 서은 문학회 고 문병란 시인의 지도를 받았으며, 2020년 고명순 시인의 추천으로 [현대문예]에 '개망초'라는 시로 문단 데뷔를 했다. 현재는 한실문예창작 방그레 문학회(지도 교수 박덕은) 회원으로 활동하고 있으며, 광주문인협회 회원, 광주시인협회 이사, 충장문학회 회원으로 활동 중이다.

그리고, 인문학에 대한 열정이 뜨거워 수채화, 시, 패션 디자인, 모델 지도사 등 다양한 경험과 노하우를 쌓았다. 인문학의 힘으로 기업은행에서 품격 있는 마케팅을 펼칠 수 있었으며, 지금도 인문학은 풍요로운 삶을 누리는 데 지대한 역할을 하고 있다.

2020년 [광주詩문학](31호) 시 '담쟁이 덩굴' 외 1편 발표, 2021년 [광주詩문학](32호) 시 '단풍' 외 1편 발표, 2021년 [광주문학](98호) 시 '이제는'을 발표한 바 있다.

2022년 2월 월간지 [문학공간](387호) 디카시 문학상 대상 수상, 2022년 [오은문학](봄호) 디카시 문학상 대상 수상, 2022년 3월 임영창 문학상을 수상하기도 했다.

저서로는 자기계발서 [라떼는 말이야](공저)를 2022년에 발간한 바 있다.

자, 그러면 지금부터 이선주 시인의 디카시 작품 세계로 산책을 떠나보자.

눈 내리는 날

삽살개 한 마리
하얀 논두렁길 달린다
눈밭에도 빨갛게 시린 사랑
고향 들녘 매운 어머니의 그 길.

월간지 [문학공간] 디카시 문학상 대상 수상작인 이 디카시
에서의 시적 화자는 눈 내린 논두렁길을 바라보고 있다.

희미한 인기척에도 삽살개는 주인이 다가오는 발걸음을 어
찌 읽었는지 하얀 논두렁길을 한 문장 한 문장 힘차게 달려 나
온다. 굴뚝을 빠져나온 연기도 어깨 들썩이며 덩달아 그 뒤를
따른다. 컹컹컹 개 짖는 소리와 함께 빨갛게 언 손으로 삽살개
를 끌어안았을 법한 시적 화자의 어린 시절이 눈에 선하다. 환
한 웃음 지었을 아이의 깔깔거림이 들리는 듯하다.

사진 속 무채색의 하늘처럼 춥고 가난한 시절이었지만 어
머니가 있었기에 그 시절은 결코 춥지만은 않았다. 눈은 허
공의 손발을 묶느라 펄펄펄 내리지만 자식들을 위해 보따리

이선주 시인의 디카시집 출간을 축하하며

를 이고 춥고 먼 길을 걸어온 어머니가 있었기에 든든하고 따스했다. 어머니와의 추억이 서려 있는 고향 들녘 논두렁 길, 거기에는 지금도 어머니가 서 있고, 어머니가 걸어오고, 어머니의 인생이 서려 있다. 어머니가 그리울 땐, 거기 눈 내리는 날의 논두렁길을 가 보고 싶다는 시적 화자의 그리움이 애틋하다.

　인간의 정서를 그윽하게 해주고, 순수하게 해주고, 추억을 그럽게 해줄 수 있다면, 디카시는 그 임무와 특질을 완수했다고 할 것이다.

가출

달덩이 꿈 품은 형제
자유 찾아 담 넘어간다
거친 광야 향해.

계간지 [오은문학] 디카시 문학상 대상 수상작인 이 디카시에서의 시적 화자는 제주도 밀감밭 돌담을 유심히 관찰하고 있다.

귤 두 개가 돌담 밖으로 나와, 답답한 과수원에서 탈출하려하고 있다. 한곳에 갇혀 있는 게 싫어서일까. 아니면, 수확하기 전에 탈출하여 새 삶을 개척하려는 걸까. 아니면, 지나는 관광객들에게 유혹의 손짓을 하려는 걸까. 시적 화자는 귤이라는 두 형제가 자유 찾아 가출하는 것으로 해석한다.

시인은 모범 답안 같은 낯익음의 시선에서 탈출해야 한다. 거친 광야 같은 '낯설게 하기'를 통해서 시의 진정한 영역은 확장된다. 가출과 같은 그 불편한 모험의 시작점을 소중히 여겨야 한다. 그런 점에서 이 디카시는 성공했다.

문득 시제를 '외출'이라고 하지 않고 '가출'이라고 한 이유가 뭘까, 궁금했다. 외출은 일을 본 후 집으로 다시 돌아와야하지만 가출은 집을 떠나 영영 새로운 세상으로 떠나는 것이다. 가출은 새로움에 대한 도전과 의지가 더 강렬하다. 강렬한 만큼 더 두렵겠지만 혼자가 아닌 둘이 그 길을 떠난다면 갈 만할 것이다. 그것도 달덩이 꿈 품은 형제가 함께하기에 도전의 길이 외롭지는 않을 것이다.

'가출'이라는 시제 속에 두 형제의 가출을 말리는 가족들의 반대가 묻어나 있다. 위험하다며 무섭다며 말리는 가족들을 뒤로하고 꿈을 향해 나아간 형제가 멋지다. 달덩이 같은 꿈

이선주 시인의 디카시집 출간을 축하하며

이 익을 대로 익어 노랗기에 형제는 그 어떤 고난도 이겨낼 것 같다. 그 형제처럼 시적 화자도 '낯익음'이라는 집에서 가출하고 싶었던 것은 아닐까. 좋은 시를 쓰고 싶다는 시적 화자의 달덩이 같은 꿈이 익을 대로 익어 노랗기에, '낯설게 하기'라는 거친 광야를 향해 가출하고 싶었던 것은 아닐까. 그런 가출이라면 우리 모두 지금 당장 시도하자.

사랑

시린 눈밭에서도
살 에는 바람 뚫고
핏멍울 터뜨린 고백
뜨겁디 뜨겁다.

월간지 [문학공간] 디카시 문학상 대상 수상작인 이 디카시에서의 시적 화자는 눈을 뒤집어쓰고 있는 동백꽃에 눈길을 주고 있다.

왜 굳이 가족들이 반대하는 그 추운 겨울을 걸어 사랑을 선택하냐고 시적 화자에게 물었을 것이다. 따스한 봄날 같은 사랑을 하라고, 새순을 틔우고 가지마다 연둣빛 머금은 인연을 만나라고 달랬을 것이다.

시린 눈밭 같은 가족의 반대 속에서도 살 에는 바람을 뚫고 사랑을 선택한 이유가 뭘까. 우리가 알 수 없는 그 무엇이 시적 화자의 가슴을 뜨겁게 했을 것이다. 그 뜨거움이 힘든 현실이라는 얼음장을 녹였을 것이다. 아픔을 견뎌 온 색은 동백꽃처럼 짙고 붉다. 가슴에 핏멍울 맺혀 주저앉았던 날이 어디 하루 이틀뿐이었을까. 그 먼 길을 돌고 돌아 뜨겁게 피어난 사랑, 눈물겹게 아름답다.

과연 우리에게도 동백꽃같은 저런 기백이 있을까. 사랑을 위해, 꿈을 위해, 평화를 위해 뚜벅뚜벅 나아갈 뚝심이 있을까. 닥쳐온 시련, 짓누르는 역경 앞에서도 저리 당당한 자태를 보일 수 있을까. 쉽게 주눅들고, 쉽게 좌절해 버리는 우리네 삶을 나무라는 듯하다. 눈보라 속에서도 어쩌면 저리 당당하고 저리 윤기 나고 저리 어여쁠 수 있을까. 자신이 걸어온 삶을 뒤돌아보게 하니, 가슴이 오그라든다. 동백꽃이 새삼 부럽다.

기다림

정오쯤 찾아온 햇살이
빈 의자에 걸터앉아 속삭인다
'그림자가 드리우기 전에
우린 만나야 해!'

    계간지 [오은문학] 디카시 문학상 대상 수상작인 이 디카
시에서의 시적 화자는 고급스런 의자에 햇살이 비치고, 거
기 그림자가 드리워져 있는 장면에 시선을 고정하고 있다.
    사진 속 풍경은 겨울이기에 꽃은 보이지 않는다. 하지만 꽃
이 영영 사라진 것은 아니다. 봄을 닮은 희망을 만난다면 나무
는 제 몸에 감춘 꽃빛을 시나브로 꺼낼 것이다. 봄을 닮은 그
희망을 만나기 위해 기다려야 한다. 기다린다는 것은 시간의
중심 속으로 걸어 들어가는 것이기에 답답하다. 추억의 바다
를 건너 마중 나가는 것이기에 막막하다. 그래도 기다려야 한
다. 희망을 만나야 하니까. 그림자가 드리우기 전에 만나야 하

니까. 희망이라는, 사랑이라는, 열정이라는 이름의 만남을 가
져야 하니까. 어둠이 내리기 전에, 절망에 발목 잡히기 전에
만나야 한다. 한 번뿐인 삶이기에 서둘러야 한다.

시가 주는 메시지가 강렬하다. 만남과 기다림에 대한 화
두를 던지고 있다. 우리는 어떤 이름의 만남을 갖고 싶어하
는가, 그 만남에 대한 기다림을 아직도 이어가고 있는가, 묻
고 있다.

인생 · 3

강물에 비친 얼굴
흐르는 물결 따라 출렁거려도
세월에 빛나는 윤슬
금빛 찬란하여라.

이선주 시인의 디카시집 출간을 축하하며

계간지 [오은문학] 디카시 문학상 대상 수상작인 이 디카시에서의 시적 화자는 강가에서 윤슬의 아름다움에 취하고 있다.

흐르는 물결 출렁거려도 여전히 반짝이는 윤슬, 세파에도 빛나는 윤슬, 그 어떠한 물살에도 금빛 찬란한 윤슬. 그 윤슬이 인생과 같다고 말하고 있다. 사진 속 강물 위로 수 겹의 물결이 그려지고 있다. 그만큼 수겹의 세월을 건너왔던 것일까.

뒤돌아보면 엊그제 같은데 아이들은 벌써 자라 자식을 낳고 부모가 되어가고 있다. 시적 화자는 가만히 강물에 비친 얼굴들을 떠올려본다. 한때 바깥을 배회하는 비바람처럼 삶이 버거웠던 세월의 얼굴. 마음 웅덩이에 울음만 가득했던 세월의 얼굴. 아픔의 고열에 시달렸던 세월의 얼굴. 수많은 세월의 그 얼굴들 위로 윤슬이 반짝인다. 지금 와서 되돌아보니 그때는 힘들었어도 다 아름다웠던 시절이었다. 금빛 찬란한 때였다.

그런 깨달음을 시적 화자는 얻었던 것일까. 시의 깊이가 느껴진다. 우리의 삶은 지금도 강물처럼 흐르고 있기에 우리의 인생은 저 윤슬처럼 반짝이고 빛나는 것이다. 디카시 한 편을 통해, 고단했던 삶이 그래도 의미 있고 행복했다며 위로해 주는 듯하다. 그래도 잘 살아왔다며 어깨를 감싸주는 것 같다.

그게 사랑

오래도록 버티고 기다리다
눈높이 맞춘 채 안아 줘 봐
그때 가슴이 따뜻해질 거야.

이 디카시에서의 시적 화자는 나비 한 마리가 꿀을 따먹으려는 찰나에 주목하고 있다.

꽃은 오래도록 버티고 기다리며 이 순간을 맞이했을 것이다. 나비는 여린 꽃에 앉아 휘청이면서도 꿀에 나비의 입을 갖다 댔을 것이다. 서로 눈높이가 맞춰지지 않는다면, 눈높이를 맞춘 채 안아 주지 않는다면, 어찌 될 것인가. 나비는 먹을 수가 없을 것이고, 꽃은 슬플 것이다. 눈높이가 맞춰지는 순간, 둘의 소원은 이뤄질 것이고, 가슴도 따뜻해질 것이다. 그게 사랑이라고 시적 화자는 말하고 있다.

살면서 우리는 사랑하는 이의 눈높이에 얼마나 많이 맞춰 주었나, 반성하게 된다. 혹시 내 눈높이에 맞추라고 강요하지는 않았나 괜스레 미안하다. 상대방을 위한다는 이

이선주 시인의 디카시집 출간을 축하하며

유로 나의 안경을 쓰게 하고, 나의 신발을 신게 하지는 않았는지 자꾸만 뒤를 돌아보게 된다. 사랑하는 사람이 사이즈가 맞지 않는 나의 신발을 신다가 자꾸만 넘어진 이유를 이제는 조금 알 것 같다. 시적 화자도 그런 과정을 통해서 사랑을 하기 위해서는 눈높이를 맞추는 게 중요하다는 것을 깨달았을 것이다.

　시의 가장 큰 특질 중 하나가 '낯설게 하기'다. 나비와 꽃을 통해서 사랑과 눈높이에 대해 새롭게 해석하고 있는 시적 화자가 멋지다.

한恨

발길질에 무참히 짓밟혔던 영혼
무등산 자락에서
서릿발로 꼿꼿이 일어서고 있다.

이 디카시에서의 시적 화자는 무등산 자락에서 서릿발을 뒤집어쓴 나무들을 관찰하고 있다.

서릿발은 왜 저기 있을까. 그것도 무등산까지 올라와, 왜 피어 있을까. 어쩌면, 역사 속에서 군홧발에 발길질에 독재에 무참히 짓밟히고 죽어간 영혼들, 가슴 깊이 한을 품은 영혼들이 서릿발 되어 꼿꼿이 일어서고 있는 건 아닐까.

민주주의의 성지, 광주라는 말 속에는 오월의 한이 서려 있다. 1980년 5월 18일, 총소리에 하늘의 숨통은 끊기고 총알처럼 튀어나온 대낮의 공포만 가득했다. 그래도 주먹밥을 움켜쥐고 오월의 광주는 일어섰다. 낮과 밤이 곤두박질치고 살과 뼈가 흩어져도 불사조처럼 다시 일어섰다.

바닥으로 떨어지는 한 송이 목숨을 붙잡으려고 손을 내밀자 손끝에서 마지막 길을 떠난 어린 오월. 무등산은 그 어린 오월의 마지막 길이 한스러워 가지마다 아찔한 서리꽃을 피우고 있다. 서릿발로 꼿꼿이 일어서며 오월의 한을, 흰빛의 유서를 다시 쓰고 있다.

피맺힌 오월의 외침이, 봄날의 서러움이 들리는 듯해 숙연해진다.

이선주 시인의 디카시집 출간을 축하하며

호기심

우와, 예쁘다
엄마랑 아기랑
콩닥콩닥 마음 만지작거린다.

    시인은 한 편의 시로 독자들의 무딘 감성을 깨워야 한다. 무딘 감성을 건드려 햇살과 달빛 같은 감성을 들여놓게 해야 한다. 그 빛으로 감성의 몸 구석구석을 비추게 해야 한다. 그 출발점에서 이 디카시는 시작되고 있다.
    시적 화자는 동심의 시선으로 사슴을 바라보고 있다. 엄마 사슴의 눈도 아기 사슴의 눈도 아이와 함께한다. 함께 호기심 속으로 들어가, 감탄한다. '우와, 예쁘다!' 사슴은 아이를 보며 감탄하고 아이도 사슴을 보며 감탄하고 있다. 엄마랑 아기랑 서로의 마음을 만지작거리는 콩닥거림에 감탄하고 있다.

 독특한 해석이다. 사물에 대한 호기심이 아니라 마음의 만지작거림에 대한 호기심이다. 호기심의 대상도 멋지다. 마음은 어떤 느낌을 받았는지, 마음은 어떤 생각을 하는지 호기심 어린 눈빛으로 다가가고 있다.

 시적 화자는 그 호기심의 감동을 '콩닥콩닥'이라고 말한다. 멋진 표현이다. '콩닥콩닥' 속에 하고픈 말이 다 들어 있다.

 아이의 가슴을 따스하게 하는 그 콩닥거림은 이런저런 일들을 겪으며 성장할 때 아이가 상처받지 않도록 그 곁을 지켜줄 것이다. 세상과 부딪히며 나아갈 어린 무릎을 단단하게 해줄 것이다. 이런 호기심으로 부모와 아이가 서로에게 다가가면 불행할 아이가 어디 있겠는가. 과연 우리는 삶 속에서 이런 호기심을 가지고 몇 번이나 사람들에게 다가갔을까. 그냥 밋밋하게 살고 있지는 않을까. 아무런 감탄사도 없이, 아무런 호기심도 없이, 그냥 밋밋하게, 그냥 무료한 눈빛으로 살아가고 있는 건 아닐까.

 시적 화자는 이런 사람들에게 경고의 메시시를 전하고 있다. 호기심을 갖고 감탄하라. 콩닥콩닥 마음을 만지작거리며 살아가라. 그래야 행복하고 아름답게 살아갈 수 있으니까.

열정

마주칠 때마다
뜨거운 마음 불꽃 되어
타다닥 피어오르고
영혼의 깊은 샘에 고이는
저 기도의 종소리.

이 디카시에서의 시적 화자는 화덕에서 피어오르는 장작
불에 눈길을 고정하고 있다.

활활 타오르는 불길처럼 시적 화자의 뜨거운 마음 불꽃도
피어오른다니 멋지다. 한때 시적 화자도 꿈을 희망을 사랑
을 마주칠 때마다 뜨거운 불꽃처럼 활활 타올랐을 것이다.
마음에 불붙은 열정의 불꽃은 심장과 폐로 번져 가더니 저
녁을 건너 먼먼 내일까지 번져 갔을 것이다. 온몸이 송두리
째 타오르는 열정의 길을 걸으며 꿈이라는 희망이라는 사랑
이라는 열매를 맺었을 것이다.

젊은 시절 그 뜨거움의 열정이 이제는 잔잔한 영혼의 샘에 고이는 기도의 종소리가 되어 간다. 열정을 불꽃과 종소리로 해석하면서 같은 무게로 느끼게 한 점이 신선하다. 불꽃이 샘에 고이면 타오를 수 없다. 하지만, 기도의 종소리는 묵직하게 울려 잔잔한 파문을 일으킨다. 상반되는 물과 불의 이미지가 열정이라는 미적 가치의 그릇에 잘 담겨 있다.

사진 속 불꽃에서 열정과 기도의 종소리를 들을 수 있다니, 멋지다. 섬세한 감성을 소유한 듯하여, 경외심마저 든다. 지금부터라도 불꽃처럼 타다닥 불타오르고 싶다. 저 영혼의 종소리를 들으며 보다 성숙해지고 싶다.

큰 나무 아래서

혼자서도 숲 되는 나무가 있다
길까지 넉넉히 덮어 주고도 남은
저 포용력을 닮고 싶다.

이선주 시인의 디카시집 출간을 축하하며

이 디카시에서의 시적 화자는 고목을 예찬하고 있다.

햇살이 살랑살랑 팔을 늘이고 뿌리를 내릴 수 있도록 고목은 그저 날마다 한자리에 터를 잡고 있었을 것이다. 눈보라가 가로막아도 공중의 틈을 비집고 새들의 음표가 머물 수 있도록 가지를 내주었을 것이다.

그러는 사이에 잎사귀들의 눈부신 연둣빛 조명은 켜지고 초록 그늘은 깊어져 가 스스로 숲이 되었을 것이다. 수령이 수백 년 된 고목의 연륜처럼 포용력도 대단하다. 길까지 넉넉히 덮어 주고도 남을 너른 품의 고목, 그 포용력 앞에 절로 고개가 숙여진다.

지나가는 이들이 다가와 소원을 빌고 가는 고목, 수많은 세월 동안 한자리에 붙박혀 살아가지만 불평 불만이 없는 고목, 우리 인간이 한 생애를 바치고 간 뒤에도 수백 년 더 살아 있을 고목, 이 고목 앞에서 우리가 무슨 불만을 토로할 수 있을까. 그러고 보니, 인간이 참 나약하고 볼품없는 존재처럼 느껴진다. 겸손한 자세를 갖게 하는 디카시, 이런 디카시를 만날 수 있어 행복하다.

질서

길을 간다
다른 줄이 좋아 보여도
묵묵히 자기 길 걸어간다
꽃피고 열매 맺는 그날까지.

　이 디카시에서의 시적 화자는 밭에서 자라는 농작물들을
바라보며 사색에 잠긴다.
　농작물들은 각기 자기 길을 가며 자라고 있다. 다른 곳에
서 자라는 농작물을 시기하지 않고, 그냥 묵묵히 자기 길을
가며 자란다. 꽃피고 열매 맺는 그날까지 옆도 뒤도 보지 않
고 자기 길을 간다. 농작물들은 아래에서 위로 초록의 키를
늘리며 날마다 성실한 하룻길을 걸어간다. 다른 곳이 좋아
보여도 자신의 자리에 의미를 부여하며 걸어간다. 꼼지락
꼼지락 연둣빛 손바닥을 펴서 햇살의 손을 잡고 걸어간다.
바람이 부는 날에는 푸른 귀에 바람의 노래를 담으며 걸어

이선주 시인의 디카시집 출간을 축하하며

간다.

여기서 우리는 뭉클한 감흥을 만나게 된다. 어쩜 우리 인생도 그러해야 하지 않겠나. 다른 사람을 부러워하거나 시기하거나 질투하거나 훼방할 게 아니라, 그냥 묵묵히 그냥 성실히 그냥 인내하며 내가 서 있는 그 길을 걸어가면 되지 않겠나. 언젠가는 꽃피고 열매를 맺을 테니까. 그런 날이 반드시 올 테니까.

왜 이런 단순한 이치를 모르고 우리는 살아가는 걸까. 반성하게 하는 디카시, 자꾸 자신을 부끄럽게 하는 디카시, 성가시지만 이렇게 우리 곁에 있어 반갑다.

틈에서
한 뼘 작은 보금자리에
둥지 틀고 나실나실 춤추는
영혼의 눈물.

이 디카시에서의 시적 화자는 비좁고 옹색한 틈에서 기어코 싹을 올리고 자라나는 들풀에 눈길을 보내고 있다.

한 뼘도 안 되는 작은 보금자리에 둥지 틀고 나실나실 춤추며 자라나는 들풀, 그 영혼의 눈물을 발견하고 감탄을 금치 못하고 있다.

깊은 수렁 같은 틈에서 생과 사의 경계 같은 저 틈에서 언제 희망이 자라나고 있었던 것일까. 어떻게 상처투성이 몰골로 봄의 등불을 켜고 끝끝내 일어섰던 것일까. 가난한 저 틈에서 어떻게 연초록 꿈을 한 땀 한 땀 밀어 올리며 제 상처를 꿰매었을까. 밤이면 무너질 듯 조여오는 어둠이 사방에서 몰려들었을 텐데 어떻게 그 두려움을 이겨냈을까.

시적 화자는 그 일어섬을 '나실나실 춤추는/ 영혼의 눈물'이라고 말한다. 역경을 딛고 일어서는 강인함, 궁색함을 탓하지 않는 저 긍정적인 태도, 시련 속에서도 빛나는 저 푸릇푸릇한 정신력, 그리고 그 눈물, 감탄을 자아내게 한다. 이 하찮은 풀 앞에서 무슨 말을 해야 하나. 무슨 변명을 해야 하나. 그 어떠한 말을 해도 궁색한 변명으로밖에 들리지 않을 듯하다.

이선주 시인의 디카시집 출간을 축하하며

부모

비바람에 젖은 날갯짓으로
가시에 찔린 눈물 고이 엮어
꽃피우는 사랑의 보금자리.

   이 디카시에서의 시적 화자는 하늘로 쭉 가지 뻗어 올라가
는 우듬지에 자리 잡고 있는 까치집을 바라보고 있다.
   까치집은 어떻게 지어질까. 비바람에도 폭우에도 젖은 날
갯짓을 멈추지 않았을 것이다. 가시에 찔린 눈물을 고이 엮
어 하나 하나 둥지를 쌓아 올렸을 것이다. 그리하여, 드디어
알을 낳고 새끼를 치는 사랑의 보금자리를 완성했을 것이
다. 그 눈물겨운 과정이 눈에 선하다.
   가난했던 그 시절, 우리들의 부모님은 어미 새처럼 세파를
몰고 오는 비바람의 한가운데서 자식들을 키워야 했기에 얼
어붙은 바람 소리가 얼마나 무서웠을까. 한 발 한 발 아픔의
공중을 걸어 일터로 나가고 다시 어둠의 동굴을 걸어 집으

로 돌아오는 길이 얼마나 고단했을까.

　가난했기에 한 평의 땅이 없어 땅의 마지막 유산 같은 셋
방에 자식을 누이고 그 곁에서 쪽잠을 잤을 부모님이 자꾸
만 떠올라 마음이 아리다. 세상의 모든 부모님이 위대한 이
유를 이 디카시는 짧지만 강력하게 말하고 있다.

님 소식

문 열까 말까
아지랑이 타고 폴폴 날아
진달래 사랑 저리 곱디고운데
나의 봄은 어디쯤 왔을까.

이 디카시에서의 시적 화자는 길가 쪽으로 향하고 있는 우

이선주 시인의 디카시집 출간을 축하하며

편함에 시선을 두고 있다.

우편함으로 들어서는 설렘의 길과 우편함에서 나가는 그
리움의 길이 서로 어긋났던 것일까. 어디쯤에서 그 인연이
툭 끊어졌을까. 마중 나가듯 손끝으로 우편함 뚜껑을 열어
보는 그 시절이 문득 그립다.

소중한 것이 사라져 우편함의 체온이 깃든 손가락을 멍하
니 내려다본다. 설렘과 그리움으로 달뜬 그 손가락으로 우
편함 뚜껑을 다시 열어 볼까. 혹시 소식이 왔을까. 아니, 아
무 소식 없을까. 아지랑이는 이미 와서 저리 넘실거리고, 진
달래는 흐드러지게 피어나 사랑빛 저리 곱디고운데, 시적
화자의 봄은 어디쯤 왔을까.

혹시 그 봄소식이 저 우편함에 아직도 담겨 있을까. 봄과
함께 님 소식도 같이 왔으면 좋을 텐데. 모든 게 궁금해지는
계절 속 저 빨간 우편함. 발걸음 멈추게 하고, 눈길을 고정하
게 하고, 잠시 생각에 잠기게 하고, 추억에 젖어 눈시울 붉게
만드는 저 빨간 우편함. 뜨겁게 달아올랐던 저 빨간 우편함
이 다시 마음을 달뜨게 한다.

우편함을 통해 펼쳐지는 과거와 현재의 시적 공간이 독자
들의 감성의 폭을 확장시키고 있어 멋지다.

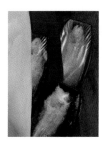

상술

비닐 플라스틱 수의 입히고
삼색 만장기 덮어 씌워도
바다 물고기들 가쁜 숨 몰아쉰다오.

　이 디카시에서의 시적 화자는 물고기를 팔기 좋게 포장해
놓은 상술에 대해 한마디하고 있다.
　과연 물고기는 비닐 플라스틱 수의 입혀 주어 고맙다고 생
각할까. 삼색 만장기로 덮어 씌워 주었으니, 행복하다고 생
각할까. 바다 물고기들은 비닐 플라스틱 수의보다, 삼색 만
장기보다, 가쁜 숨 몰아쉬며 한마디하고 싶지 않을까. 우선
살아가게 해주오. 살아 숨 쉬게 해주오.
　그러고 보니, 얼마나 답답하고 얼마나 억울하겠는가. 억울
함도 서러움도 화려하게 포장하는 상술에 놀아날 수 있으니
조심하라고 말하고 싶은 건 아닐까. 억울함을 봉합하고 자유
에 족쇄를 채운 저 화려한 상술, 폭력의 무심함을 보여주는 저
치밀한 상술. 한 팩의 바다를 통째로 팔아넘기는 저 능수능
란한 상술을 시적 화자는 지적하고 있어, 마음이 편치 않다.

이선주 시인의 디카시집 출간을 축하하며

우리의 아픔이, 우리의 슬픔이, 우리의 그리움이 저 화려한 상술에 놀아날 것 같아 마음이 불편하다. 이 편치 않은 마음이 우릴 더 성숙시켜 주길 바란다.

좋은 디카시는 어떤 요건을 갖춰야 할까. 우선, 사진, 시, 제목의 조화로움이 갖춰져야 할 것이다. 사진은 깔끔할수록 좋다. 초점이 잘 맞아야 하고, 소재도 흔치 않는 게 좋다. 예를 들면, 민들레 사진은 너무 흔하다. 그렇게 흔한 사진 말고 나만이 발견한 독특한 사진일수록 빛을 발한다.

사진은 되도록 대각선 구도가 나오도록 찍는 게 좋다. 초점을 잘 맞추면, 뒷배경이 자동 정리가 되어, 보기에 좋다. 사진 속에는 글씨를 넣지 말아야 한다. 그림을 사진 소재로 사용할 수는 있으나, 그림 자체를 디카시로 사용해서는 안 된다.

그림이나 벽화나 조각 등의 사진은 가급적 피하도록 하자. 시는 이미지 구현이 생명이다. 설명하지 말고, 이미지로 그림을 그려야 한다. 이 세상에서 가장 아름다운 감성과 사색의 그림, 시어로 그려낸 그림을 만나도록 해주어야 한다.

시는 인생의 의미를 터치하면서 동시에 감동을 이끌어낼 수 있다면 더욱 좋다. 삶을 되돌아보게 해주는 시라면 더욱 감칠맛이 날 것이다.

제목은 사진 속 주요 소재를 피해야 한다. 사진 속에 보름달, 가로등, 철쭉꽃이 있다고 한다면, 제목으로 이들을 올리지 말아야 한다. 사진 주요 소재와는 전혀 다른 '외로움', '어머니' 등을 올리는 게 좋다.

디카시는 5행 이내로 해야 한다. 연과 연 사이의 한 줄도 5행에 포함시켜 주는 게 좋다.

이선주 시인의 디카시들은 이러한 디카시의 특질을 고루 구비하고 있어서, 독자들을 행복하게 한다. 무엇보다도 사진 선정에 신중을 기하고 있다는 느낌을 준다. 시 하나 하나 심혈을 기울여 이미지 구현에 최선을 다하고 있고, 인생의 깊은 의미까지 보듬어 안고 있다. 그래서 디카시를 읽는 내내 행복과 감동의 물결이 지속적으로 흘러내리게 한다.

이선주 디카시집은 그녀의 인생에서 새로운 출발 신호탄이기도 하다. 이를 기점으로, 그녀는 시인으로서 행복한 삶을 꾸려갈 것으로 믿어 의심치 않는다. 시를 사랑하고, 디카시집을 펴내면서 나아가는 그녀의 여생이 이 세상에서 가장 아름답고 우아하지 않겠는가.

앞으로 제2, 제3의 디카시집을 기대해도 좋을 듯하다. 부디, 멋진 인생길의 좋은 동반자로 디카시를 데리고 끝까지 가 주었으면 좋겠다.

- 아카시아꽃향이 거리와 마음 가득 퍼지는 날에

한실문예창작 지도 교수 박덕은 작가
(문학박사, 문학평론가, 시인, 소설가, 수필가, 동화작가, 사진작가, 화가)

작가의 말

눈으로 보고 가슴으로 느낀 사유를
한 올 한 올 카메라로 직조하고 통찰의 깊이로
꽃송이를 피우는 디카시!

시공을 초월한 창작의 매력에 빠져들었던 순간들이
지상에서 누릴 수 있는 가장 큰 행복이었으며
보석보다 값진 선물이 되었다.

함께 걸었던 길과 추억을 한 편의 디카시로 엮어
선물해 줄 수 있다는 건 디카시인의 특권이다.

죽는 날까지 순간 순간을 맑고 고운 심성과 눈으로
세상을 바라보고 느끼며 사유의 탑을 쌓아 가고 싶다.
진실한 사랑으로 가족과 이웃 그리고
세상을 밝히는 한 줄기 빛이 되고 싶다.

시를 쓰는 저에게 새로운 문학 장르인 디카시를
처음 접하게 해주고 지도와 배려를 아끼지 않은
한실문예창작 박덕은 문학 박사님께 감사드립니다.
관심과 배려로 용기를 심어주고 행복한 창작을 하게 해준
문우님들께도 감사를 드립니다.

늘 남다른 외조로 창작 활동에 몰입하게 해준
남편과 사랑하는 아들과 며느리, 손녀에게도
감사한 마음을 전합니다.

- 6월의 푸르름을 담고 이선주 올림

祝詩

시인 이선주

박덕은

꽃밭의 정기가
아이 울음소리 감싸 안고
동산이 되었다

나풀나풀
꿈결도 낭만도
호기심이랑 함께 뛰놀았다

한아름 향기 보듬고
집으로 돌아와
항아리 예술을 수놓았다

도회의 바람꽃은
더 큰 우주를 안아 휘감았고
갈 길의 푯대가 되어 주었다

금융의 동굴 안에서

꽃피운 열정
눈부시도록 반짝였다

은하 가로지르는
열매들이 아롱다롱 맺혀
보람 나무를 장식했다

이제는 시심의 언덕에
사진들과 시들이 손잡고
감동의 퍼레이드 펼치고 있다

전율의 피리 소리
가슴 가득 안고서
영혼의 울림 살살 볼에 부비며.

祝詩 - 박덕은

차 례

이선주 시인의 디카시집 출간을 축하하며 - 박덕은   … 4

작가의 말   … 32

祝詩 - 박덕은   … 34

제1장 보랏빛 연정

드라마   … 42

어떤 행렬   … 43

똑똑   … 44

보랏빛 연정   … 45

동경   … 46

추억 단상   … 47

두근두근   … 48

나의 숲   … 49

풀잎 여정   … 50

지조·1   … 51

천생연분   … 52

새봄   … 53

길   … 54

벌깨덩굴 연가   … 55

가출   … 56

가족   … 57

연가   … 58

열애   … 59

초롱 연가   … 60

지금쯤   … 61

사랑·1   … 62

사랑·2   … 63

사랑처럼　　　　　　　　　… *64*

찔레꽃 일기　　　　　　　… *65*

제2장 그게 사랑

나들이　　　　　　　　　　… *68*

향기처럼　　　　　　　　　… *69*

애원　　　　　　　　　　　… *70*

산동교 손길　　　　　　　　… *71*

때　　　　　　　　　　　　… *72*

인생·1　　　　　　　　　　… *73*

인생·2　　　　　　　　　　… *74*

인생·3　　　　　　　　　　… *75*

인생·4　　　　　　　　　　… *76*

기다림　　　　　　　　　　… *77*

여생　　　　　　　　　　　… *78*

동행　　　　　　　　　　　… *79*

봄 연가　　　　　　　　　　… *80*

꽃불　　　　　　　　　　　… *81*

동심　　　　　　　　　　　… *82*

한恨　　　　　　　　　　　… *83*

질서　　　　　　　　　　　… *84*

까치밥　　　　　　　　　　… *85*

지조·2　　　　　　　　　　… *86*

나　　　　　　　　　　　　… *87*

화전　　　　　　　　　　　… *88*

그게 사랑　　　　　　　　　… *89*

쟁기질　　　　　　　　　　… *90*

오월 단상 ··· 91

제3장 큰 나무 아래서

경계 ··· 94
틈에서 ··· 95
손녀와 함께 나들이 ··· 96
흡연석 ··· 97
평생 소원 ··· 98
나의 소원 ··· 99
트리플 크라운 ··· 100
어버이날 ··· 101
전쟁과 평화 ··· 102
열정 ··· 103
눈 내리는 날 ··· 104
어머니 ··· 105
신비 ··· 106
고민 중 ··· 107
명품·1 ··· 108
명품·2 ··· 109
순수 ··· 110
눈썰미 ··· 111
큰 나무 아래서 ··· 112
자아도취 ··· 113
희망 ··· 114
요술쟁이 ··· 115
손녀 생일 ··· 116
호기심 ··· 117

제4장 더는 혼자가 아니야

천륜 ··· 120

순백의 노래 ··· 121

자색 ··· 122

그리움처럼 ··· 123

캠핑 명당 ··· 124

경비 ··· 125

일출 ··· 126

상술 ··· 127

부모 ··· 128

지조·3 ··· 129

어울림 ··· 130

더는 혼자가 아니야 ··· 131

바램 ··· 132

그리움 ··· 133

인생처럼 ··· 134

님 소식 ··· 135

나르시즘 ··· 136

유혹·1 ··· 137

유혹·2 ··· 138

그린 ··· 139

어떤 고백 ··· 140

장밋빛 고백 ··· 141

제1부

보랏빛 연정

드라마

연지 곤지 찍고
오직 한 사랑에 목 매는
연정의 눈물.

어떤 행렬

세상을 발 아래 깔고
유유히 날아가는
저 작은 새들.

똑똑

문 좀 열어 주세요
긴긴밤 지새우며
여태 기다렸어요
추워요.

보랏빛 연정

긴 머리 땋아 내린 채
님 오시는 길
등불 밝히며 서 있다.

동경

나는 너만 바라보는데
너는 또 다른 세상 보려고
여기저기 쭈뼛쭈뼛.

추억 단상

고향집 뜨락에 펼쳐진
아카시아 꽃무더기
그리움에 절여진 향기로
가슴속 뒤흔들고 있다.

두근두근

절절한 그리움 물들여
들녘으로 내보낸다
뒤적이는 바람결에
행여 님 소식 전해 올까.

나의 숲

하얀 미소로 등불 밝혀
소곤소곤 그리움 수놓으며
끈끈한 정 흩뿌리고 있다.

풀잎 여정

내디디는 발자국들이
모두 같은 방향을 향한
순례자의 길.

지조 · 1

고운 저고리에
은장도의 순정
꽃 한 송이 피워
찍어 놓은 저 화인.

천생연분

무채색 산허리에
곱디고운 꽃망울 터뜨려
시리도록 말간 하늘과
주고받는 밀어에
시샘하는 산그림자.

새봄

앙증맞은 손주들
허리 굽은 할아버지 등에
주렁주렁 올라타
재롱떨고 있다.

길

길이 없는 길
가시덤불에 옷 찢기고
돌부리에 발길 차이지만
가다 보면 길이 된다.

벌깨덩굴 연가

숲그늘 비집고 들어온
햇살 한 짐에
봄앓이 개운해지고
그리움의 향기 솔솔 피어오른다.

가출

달덩이 꿈 품은 형제
자유 찾아 담 넘어간다
거친 광야 향해.

가족

햇살 같은 미소로 주춧돌 세우고
얼기설기 담소 벽돌 쌓아 지은
튼실한 행복 텐트.

연가

금빛 물든 갯벌에
달궈진 사랑이 거닐고 있다
창호지 불빛처럼 은은한
노을 앞세운 채.

열애

미끄러진 바위 등
질긴 괭이 갈아 신고
뼈 마디마디 새겨진
사랑의 붉은 눈물에 불지른다.

초롱 연가

새색시 가슴에
꽃잎 사랑 부풀어 오른다
비바람에 달궈낸 향기
함박웃음 툭 터뜨린다.

지금쯤

고른 이랑에 뿌린 꿈
흙내음 킁킁거리며
햇살 바람으로 촉 틔운다.

사랑 · 1

시린 눈밭에서도
살 에는 바람 뚫고
핏멍울 터뜨린 고백
뜨겁디뜨겁다.

사랑 · 2

서로 마주보며
눈 맞추고 속 깊은 응어리
따스하게 품어 주는
마음의 꽃송이.

사랑처럼

마지막 타는 갈잎
바스락 바스락 장단 맞춰
켜켜이 사랑 쌓다가
외로운 나그네 얼싸안는다.

찔레꽃 일기

저 귀 쫑긋 이 귀 쫑긋
아낙네들 수다 꼼꼼히 적은
정겨운 갈피들
꽃바람에 흔들거리고 있다.

제2부
그게 사랑

나들이

파란 하늘에 펼친 꽃날개
격자무늬 그리며
질서 정연히 걸어간다.

향기처럼

달려온 바람 등살에
추억의 꽃봉오리 흔들리고
천방지축 코끝으로 스며드는
진한 향에 취해
마음속 잔기침 멈출 줄 모른다.

애원

발끝에 닿을까 말까 내려온
꽃가지 귀에 대고 속삭인다
하얀 미소 머금은 꽃송이로
묻어가고 싶다고.

산동교 손길

전쟁의 상흔
따사로운 햇살로 씻어 주고
하얗게 화관 만들어
영령들을 위로해 준다.

때

세상은 다 때가 있어
지금이 가장 좋은 때야.

인생 · 1

승리의 월계관 바라보며
깊은 수렁에서도 어기적 어기적
가슴 찢긴 상흔 부둥켜안은 채
속 문드러져 비린내 날지라도
묵묵히 달린다.

인생·2

가지 않는 미지의 길
끄덕끄덕
가시밭길 헤쳐 나오니
꽃길 열려 있구나.

인생 · 3

강물에 비친 얼굴
흐르는 물결 따라 출렁거려도
세월에 빛나는 윤슬
금빛 찬란하여라.

인생·4

미로 속에 숨겨진
달콤한 꽃잎 사랑의 밀어랑
그 계곡에 부대낀 상흔이랑
오늘 털어내야겠다.

기다림

정오쯤 찾아온 햇살이
빈 의자에 걸터앉아 속삭인다
'그림자가 드리우기 전에
우린 만나야 해!'

여생

희어진 머리카락만큼
쉼 없이 달려온 길
해 떨어지기 전에
꽃 한 송이 피워야겠다.

동행

거칠고 험한 인생길
끝까지 그늘이 되어 줄게
파란 꿈 펼치도록, 끝자락까지.

봄 연가

곱디고운 꽃별들이
꽃샘추위 시샘 따돌리고
연초록과 함께
빙글빙글 춤춘다.

꽃불

알려 드립니다
지금 온 천지가 활활 타고 있으니
둥지 안에 새끼들 안전한 곳으로
빨리 대피 시켜 주십시오.

동심

장난끼 주렁주렁
파릇파릇 연초록 반짝반짝
나도 바람 타고 뒹굴뒹굴
바람개비 되고 싶다.

한恨

발길질에 무참히 짓밟혔던 영혼
무등산 자락에서
서릿발로 꼿꼿이 일어서고 있다.

질서

길을 간다
다른 줄이 좋아 보여도
묵묵히 자기 길 걸어간다
꽃피고 열매 맺는 그날까지.

까치밥

후한 인심
하얗게 눈 덮인 가지에
따스하게 피어 있다.

지조 · 2

진하게 피운 열정
산산이 스러지는 순간까지도
흐르는 사랑 거스르고 있다.

나

가부좌 틀고 앉은 풀잎 영혼
싱그러운 자신감 찰랑찰랑.

화전

찹쌀 반죽에
곱게 수놓은 진달래꽃
어머니 손맛 하늘에 포개 놓았다.

그게 사랑

오래도록 버티고 기다리다
눈높이 맞춘 채 안아 줘 봐
그때 가슴이 따뜻해질 거야.

쟁기질

통통통 황토밭 깨어나도
사라진 워낭 소리 더듬으며
아직도 메아리치는 그리움.

오월 단상

담장에는 장미꽃으로
빨갛게 울타리 삼고
가정에는 사랑의 봇물로
푸르게 호수 만든다.

제3부
큰 나무 아래서

경계

빗장 지른 담장 안에도
영혼의 꽃망울 터지는 봄
저리 꿈틀거리고 있다.

틈에서

한 뼘 작은 보금자리에
둥지 틀고 나실나실 춤추는
영혼의 눈물.

손녀와 함께 나들이

어설픈 솜씨지만
직접 디자인하여
따스함 입혀 주니
동그라미 사랑이
주렁주렁.

흡연석

하늘 구름 벗삼아

묵은 외로움 훌훌 벗어 버리고

바짓가랑이 날리며 멋지게 피워 봐.

평생 소원

거친 비바람 눈보라 가르며
헝클어진 머리칼 쓰다듬어
하얀 면사포 두른다.

나의 소원

봄비에 죽순 돋아나듯
등뒤의 햇살이
8척 장신으로 거듭나게 한다
영혼의 깊은 샘에도
저리 생수가 넘쳐났으면!

트리플 크라운

한 줄로 선 미녀 삼 총사
쪽빛 하늘 바라기
사랑의 멜로디는 제각각.

어버이날

높디높은 은혜
하늘 가득한 눈물 향기로
꽃술 채운 카네이션 한 송이
고이 올려 드립니다.

전쟁과 평화

솜털구름 폭탄 터뜨려
팽팽한 하늘 쟁탈전
승자는 하얀 하늘.

열정

마주칠 때마다
뜨거운 마음 불꽃 되어
타다닥 피어오르고
영혼의 깊은 샘에 고이는
저 기도의 종소리.

눈 내리는 날

삽살개 한 마리
하얀 논두렁길 달린다
눈밭에도 빨갛게 시린 사랑
고향 들녘 메운 어머니의 그 길.

어머니

봄이 지나가는 길목에
어김없이 풀어놓는 꽃무더기
하얗게 떠난 어머니
봄이 오고 또 봄이 와도
여태 돌아올 줄 모른다.

신비

하늘에서 내려온 신선이
구름 양탄자 씌워 주면
가지마다 파란 잎들이
기지개 켜고 일어선다.

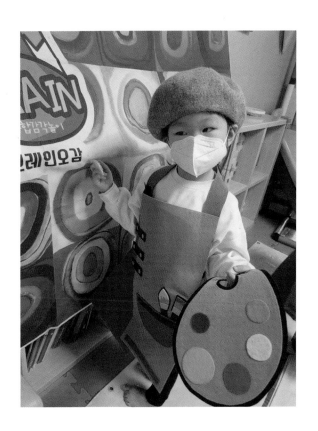

고민 중

귀여운 꼬마 화가가
아빠를 그릴까
엄마를 그릴까
저울질하고 있다.

명품·1

빛나는 보석은
곁에 있는 꽃도
함께하는 사람도 빛나게 한다.

명품·2

진귀한 열정과 해학

2시간도 30분 같은 착각으로

매료시키고야 마는 당신

우리의 진정한 행복이고 희망입니다.

순수

뭐가 저리 재미있을까
다 내려놓아야
비로소 보이나 보다.

눈썰미

나는야 욕심쟁이
보랏빛이 좋아
우윳빛도 좋아
병아릿빛은 더 좋아.

큰 나무 아래서

혼자서도 숲 되는 나무가 있다
길까지 넉넉히 덮어 주고도 남은
저 포용력을 닮고 싶다.

자아도취

수려한 매무새로
꿋꿋이 지켜온 중심
너 안에 내가 있다.

희망

세월에 몰매 맞은 상흔
친친 동여맨 몸뚱이에도
연둣빛 둥지 튼다.

요술쟁이

모델 사진 찍었는데
달 밝은 밤에 별들이
덩달아 따라오겠네.

손녀 생일

가슴에 폭죽 터졌나
입가에 미소 팡팡!
향긋이 타오르는 사랑불!

호기심

우와, 예쁘다
엄마랑 아기랑
콩닥콩닥 마음 만지작거린다.

제4부

더는 혼자가 아니야

천륜

세월의 상흔에도
앙증맞게 볼 비비며
재롱떠는 귀염둥이.

순백의 노래

봄처녀 가슴에
수줍은 향기
영롱하게 빛난다.

자색

고운 빛 물들인 기개
억겁의 세월 거스르고
선연히 뻗어나가고 있다
저 안 가득 꿈틀거리는 꿈.

그리움처럼

파란 하늘에 뿌린 꿈
봄바람에 한 잎 두 잎 피어나
가슴속 뒤적인다.

캠핑 명당

드높은 파란 하늘
뭉게구름 자유로이 비행하는
꿈의 동산에 자리잡은 둥지.

경비

백년 만년 살 것도 아닌데
걱정 마
든든한 하늘 철갑 두르고
비상 나팔 불어 줄게.

일출

꽃 두루마기 걸쳐 놓고
후루룩 멱감는 추억
살포시 어깨에 내려앉아
재잘거리는 꽃가루의 밀어
가슴 따스해지는 순간.

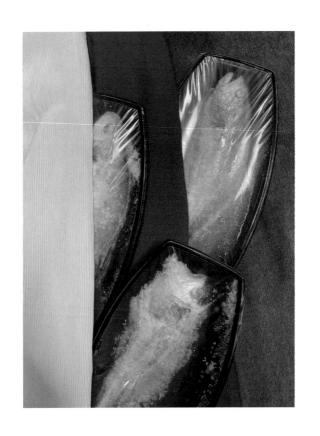

상술

비닐 플라스틱 수의 입히고
삼색 만장기 덮어 씌워도
바다 물고기들 가쁜 숨 몰아쉰다오.

부모

비바람에 젖은 날갯짓으로
가시에 찔린 눈물 고이 엮어
꽃피우는 사랑의 보금자리.

지조 · 3

고운 저고리에
은장도의 순정
꽃 한 송이 피워
찍어 놓은 저 화인.

어울림

우린 서로 달라
애써 경쟁하지 않아도 돼
그냥 함께 있어서 아름다운걸.

더는 혼자가 아니야

돌멩이에 다칠까 봐
포근히 감싸 주는 하늘 아래
이렇게 보드라운 풀담요 깔아 주는
눈물겨운 벗들이 있잖아.

바램

세월에 곰삭인 향기로
움츠렸던 가슴 여는
꽃종소리.

그리움

설레는 가슴 분홍으로 물드는데
기다리던 님은 여태 기척 없고
빗방울만 하염없이 눈물 되어 내린다.

인생처럼

가지에 화려한 꽃잎도
땅에 떨어진 꽃송이도
어차피 한 번 피고 지는 것을.

님 소식

문 열까 말까
아지랑이 타고 폴폴 날아
진달래 사랑 저리 곱디고운데
나의 봄은 어디쯤 왔을까.

나르시즘

연못에 떠오른 텃새
그저 넋 잃고
하염없이 바라만 볼 뿐.

유혹 · 1

흘러가는 별빛과
아침 햇살로 멱감은
우윳빛 싱그러움 찰랑찰랑.

유혹·2

댕기 머리 찰랑찰랑 풀어 내리고
귓가에 속삭이는 연둣빛 사랑
가녀린 봄비에 비를 비를.

그린

싱그러운 문빗장 열어
쭉쭉 솟아나는 생명
평온 위에 푸른 꿈 쏘아 올린다.

어떤 고백

어두운 가시덤불 헤치고
알콩달콩 속 깊은 사랑 영글어
바람 한 잎에 후두둑 떨어질지라도
터질 것만 같은 이 사랑이 좋아.

장밋빛 고백

저 애달픈 그리움
수줍어하며
빨갛게 타고 있다.

한실 문예창작 문우들의 작품집

오늘의 詩選集 Series

오늘의 詩選集 제1권
화장을 지우며
강만순 지음 / 144면

오늘의 詩選集 제2권
또 한번 스무살이 되고 싶은 밤
김숙희 지음 / 160면

오늘의 詩選集 제3권
사랑의 빈자리 될까 봐
박완규 지음 / 144면

오늘의 詩選集 제4권
유모차 탄 강아지
김미경 지음 / 112면

오늘의 詩選集 제5권
이 환장할 봄날에
신점식 지음 / 176면

오늘의 詩選集 제6권
작아지고 싶다
주경희 지음 / 176면

오늘의 詩選集 제7권
가을은 어디나 빈자리가 없다
전금희 지음 / 176면

오늘의 詩選集 제8권
쓸쓸함에 대하여
이후남 지음 / 176면

오늘의 詩選集 제9권
바람이 열어 놓은 꽃잎
문재규 지음 / 220면

오늘의 詩選集 제10권
단 한 번 사랑으로도
이호근 지음 / 176면

오늘의 詩選集 제11권
할 말은 가득해도
최승벽 지음 / 176면

오늘의 詩選集 제12권
비밀 일기
박봉은 지음 / 176면

오늘의 詩選集 제13권
꽃만 봐도 서러운 그날
한실 문예창작 동인지 제8집

오늘의 詩選集 제14권
마냥 좋기만 한 그대
최기숙 지음 / 176면

오늘의 詩選集 제15권
풀꽃향 당신
김영순 지음 / 176면

오늘의 詩選集 제16권
유리인형
박봉은 지음 / 176면

오늘의 詩選集 제17권
보고픔이 자라고 자라서
한실 문예창작 동인지 제9집

오늘의 詩選集 제18권
첫사랑
김부배 지음 / 176면

오늘의 詩選集 제19권
나는 매일 밤 바람과 함께 사라진다
박덕은 지음 / 240면

오늘의 詩選集 제20권
오늘도 걷는다
유양업 지음 / 176면

오늘의 詩選集 제21권
내 사람 될 때까지
전춘순 지음 / 176면

오늘의 詩選集 제22권
처음 사랑
한실 문예창작 동인지 제10집

오늘의 詩選集 제23권
당신에게·둘
박봉은 지음 / 176면

오늘의 詩選集 제24권
그 누가 다녀간 것일까
전금희 지음 / 206면

오늘의 詩選集 제25권
한 잔 술에 가둘 수 없어
이후남 지음 / 164면

오늘의 詩選集 제26권
그리움 머문 자리
이인환 지음 / 176면

오늘의 詩選集 제27권
사랑의 콩깍지
김부배 지음 / 176면

오늘의 詩選集 제28권
사랑은 시가 되어
최길숙 지음 / 176면

오늘의 詩選集 제29권
그리움이라서
이수진 지음 / 176면

오늘의 詩選集 제30권
그리움 헤아리다
배종숙 지음 / 176면

오늘의 詩選集 제31권
아직 끝나지 않은 이야기
장헌권 지음 / 176면

오늘의 詩選集 제32권
마냥 좋아서
한실 문예창작 동인지 제11집

오늘의 詩選集 제33권
그리움의 언덕에 서다
김부배 지음 / 176면

오늘의 詩選集 제34권

사찰이 시를 읊다
이수진 지음 / 176면

오늘의 詩選集 제35권

그대는 나의 누구인가
한실 문예창작 동인지 제12집

오늘의 詩選集 제36권

사랑은 감기몸살처럼
박봉은 지음 / 176면

오늘의 詩選集 제37권

그때는 몰랐어요
정주이 지음 / 176면

오늘의 詩選集 제38권

몰래 한 사랑
조정일 지음 / 192면

오늘의 詩選集 제39권

여백의 미학
한실 문예창작 동인지 제13집

오늘의 詩選集 제40권

이 환장할 그리움
김부배 지음 / 164면

오늘의 詩選集 제41권

지금도 기다릴까
유양업 지음 / 166면

오늘의 詩選集 제42권

사랑하기까지
한실 문예창작 동인지 제14집

오늘의 詩選集 제43권

나에게로 가는 길
전예라 지음 / 176면

오늘의 詩選集 제44권

지금 여기에
이양자 지음 / 184면

오늘의 詩選集 제45권

또 하나의 나
이명순 지음 / 176면

오늘의 詩選集 제46권

향기 나는 꽃
서정필 지음 / 192면

오늘의 詩選集 제47권

그리움의 향기
한실 문예창작 동인지 제16집

오늘의 詩選集 제48권

마음의 쉼표
김방순 지음 / 176면

오늘의 詩選集 제49권

그리움의 시간
강덕순 지음 / 176면

오늘의 詩選集 제50권

사랑의 전설 안고 피어나라
조규철 지음 / 168면

오늘의 詩選集 제51권

가슴의 꽃
서은옥 지음 / 176면

오늘의 詩選集 제52권

노을의 여백
류광열 지음 / 144면

오늘의 詩選集 제53권

풍경이 있는 정원
이선자 지음 / 176면

오늘의 詩選集 제54권

얼마나 더 깊어야네 마음 헤아릴까
배종숙 지음 / 120면

오늘의 詩選集 제55권

사시사철 사랑
박상은 지음 / 176면

오늘의 詩選集 제56권

섬진강 처녀
이강례 지음 / 160면

한실 문예창작 동인지

한실 문예창작 동인지 제1집
『한꿈』

한실 문예창작 동인지 제2집
『한꿈』

한실 문예창작 동인지 제3집
『당신의 쓸쓸함은 안녕하십니까』

한실 문예창작 동인지 제4집
『목련은 흔들리고 있다』

한실 문예창작 동인지 제5집
『그래도 한쪽 가슴은 행복합니다』

한실 문예창작 동인지 제6집
『좋은 걸 어떡해』

한실 문예창작 동인지 제7집
『아직도 사랑인가 봐』

한실 문예창작 동인지 제8집
『꽃만 봐도 서러운 그날』

한실 문예창작 동인지 제9집
『보고픔이 자라고 자라서』

한실 문예창작 동인지 제10집
『처음 사랑』

한실 문예창작 동인지 제11집
『마냥 좋아서』

한실 문예창작 동인지 제12집
『그대는 나의 누구인가』

한실 문예창작 동인지 제13집
『여백의 미학』

한실 문예창작 동인지 제14집
『사랑하기까지』

한실 문예창작 동인지 제15집
『시의 집을 짓다』

한실 문예창작 동인지 제16집
『그리움의 향기』

오늘의 수필집 Series

오늘의 수필집 제1권
그곳 봄은 맛있었다
최세환 지음 / 288면

오늘의 수필집 제2권
바람 따라 구름 따라 별빛 따라
유양업 지음 / 288면

오늘의 수필집 제3권
행복한 여정
유양업 지음 / 304면

오늘의 수필집 제4권
창문을 읽다
박덕은 지음 / 164면

오늘의 수필집 제5권
꿈을 꾼다
유양업 지음 / 256면

오늘의 디카시선집 Series

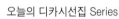

오늘의 디카시선집 제1권
그리움 흔들리는 날
이선주 지음 / 148면

오늘의 디카시선집 제2권
눈부신 사랑
김승환 지음 / 140면